消えそうな光を抱えて歩き続ける人へ

安達茉莉子

小さな光が生まれて
私は私を見つけた

消えそうに燃えている
小さな光
この光がある限り
私は私を見失わない

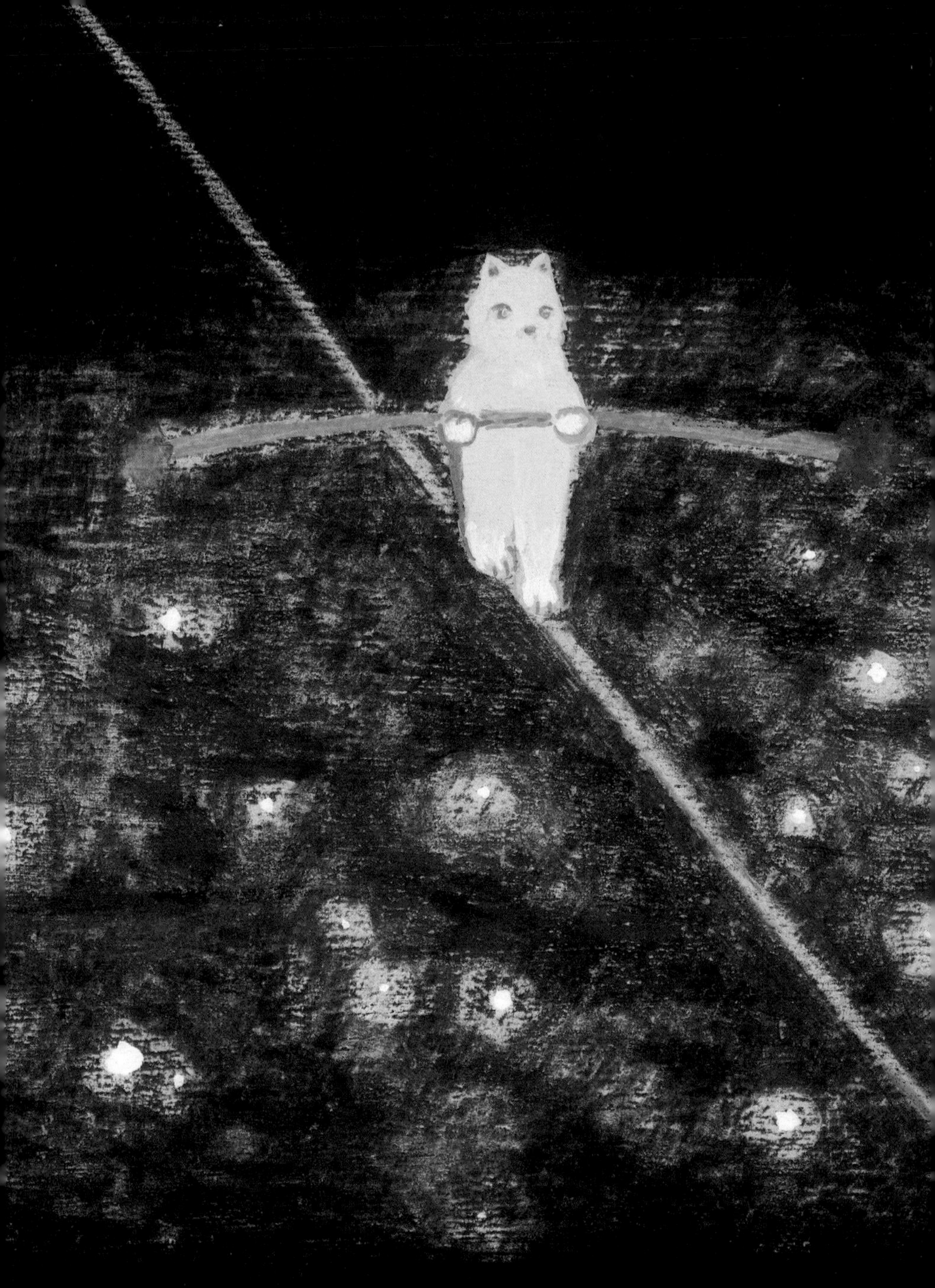

小さな光をひとつ宿して
真っ暗な道を歩いている

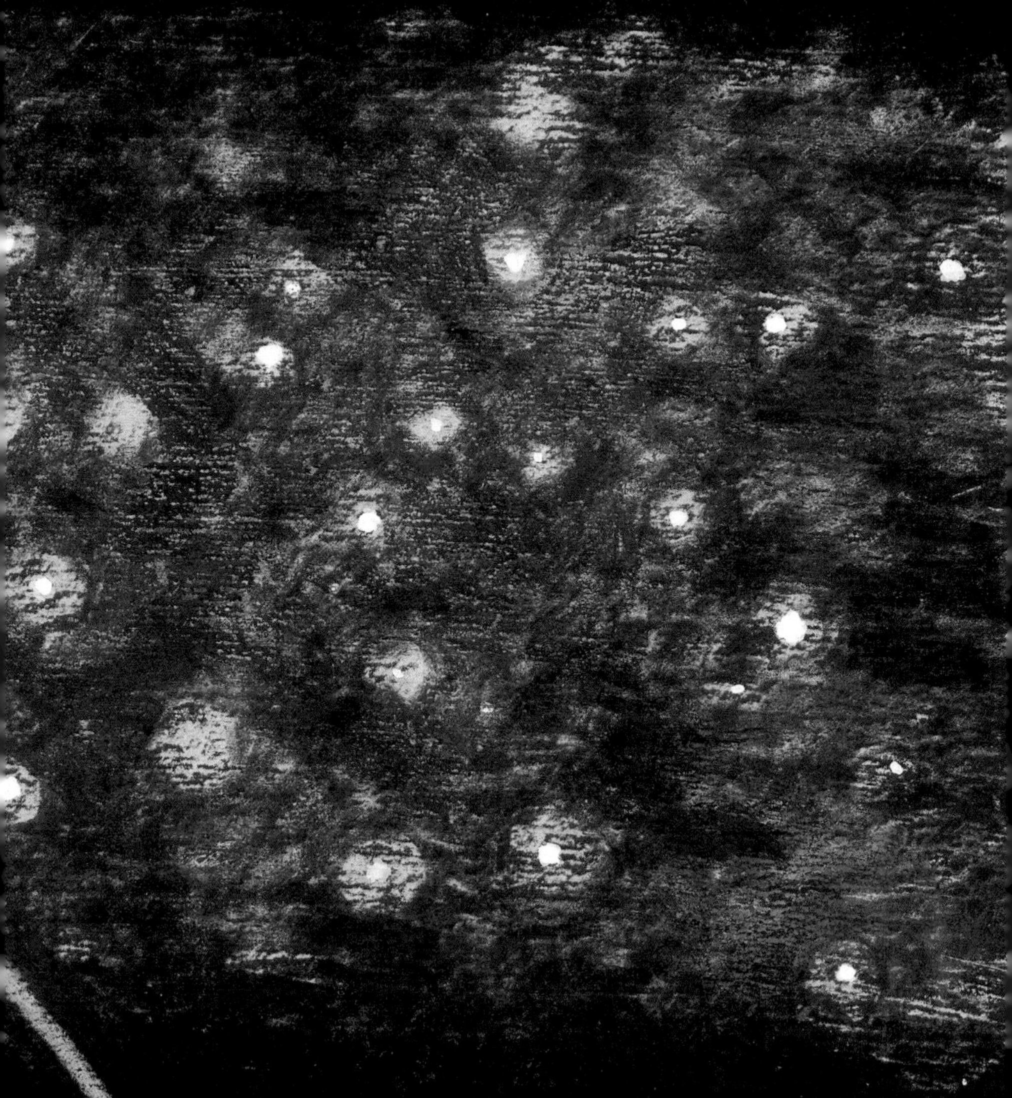

谷底ではなく 向こう側へ
いつかたどり着くと信じていてほしい

私を照らす 小さな光
やっと生まれた光を
私は抱きしめようとした

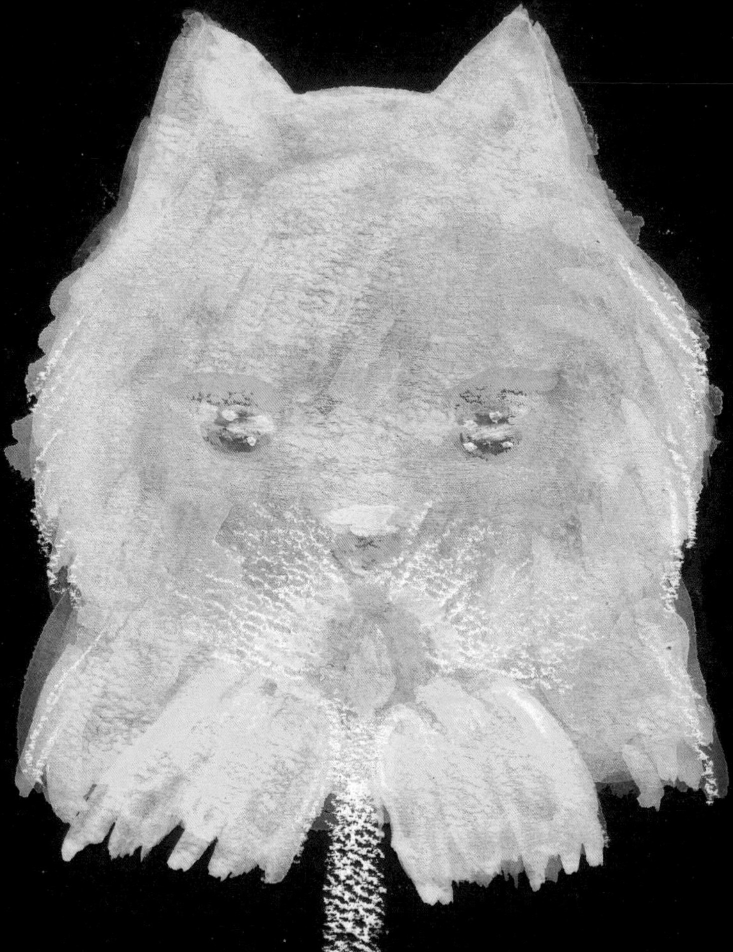

だけど
どんな光だって
囲いこんでしまえば
小さくなっていくだけ

暗闇の中にある小さな光

大きく息を吸って一気に吹き消そう

3、2、1、ハッピーバースデー！

さあ　本当の願いを聴かせて

光が消えた後には
光が消えた後にだけ見えてくる光がある

夜よりも暗い朝があるということを

知っているのは悪いことじゃない

窓辺に置いたロウソク
灯台
星

この小さな光が
あの頃の私の夜を
支えていたのだ

消えていった光たち

一度生まれたものは
失われることなんてない

ただ世界の中に
溶けこんでいくだけ

世界の中に溶けこむということは
誰かの中に　生まれ直していくということだ

いつだって
新しく生まれてくるものの中に
あなたの知る私はあるのだから

小さな光を見かけたら
手を振ってほしい

「はじめまして！」

（また あえたね。）

もしも私の人生が映画だったら
サウンドトラックはいつもあなたの音楽だった

降り注ぐ天気雨

この小さな光を消してしまってもいいから
あなたの光で 私を満たして

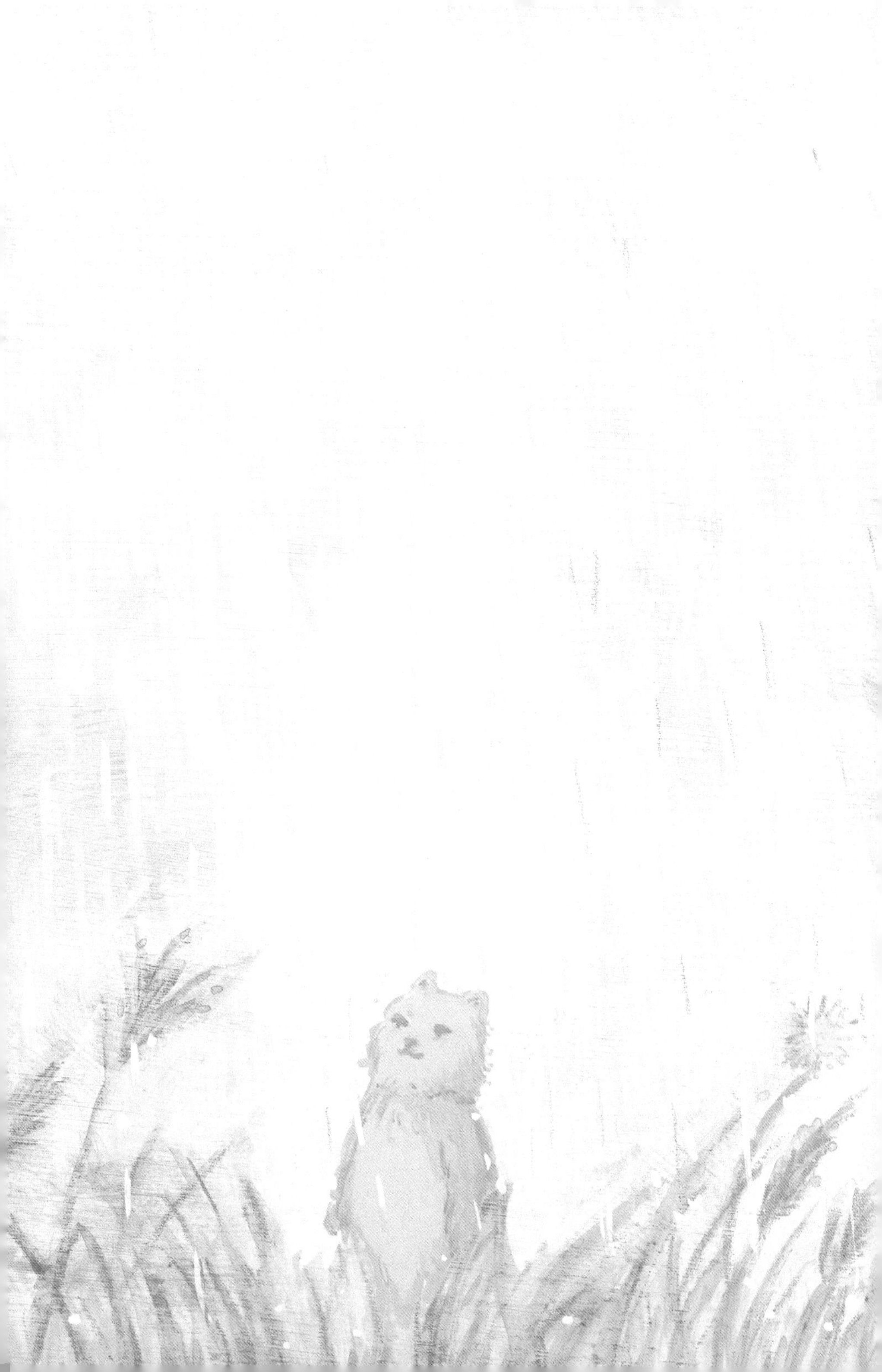

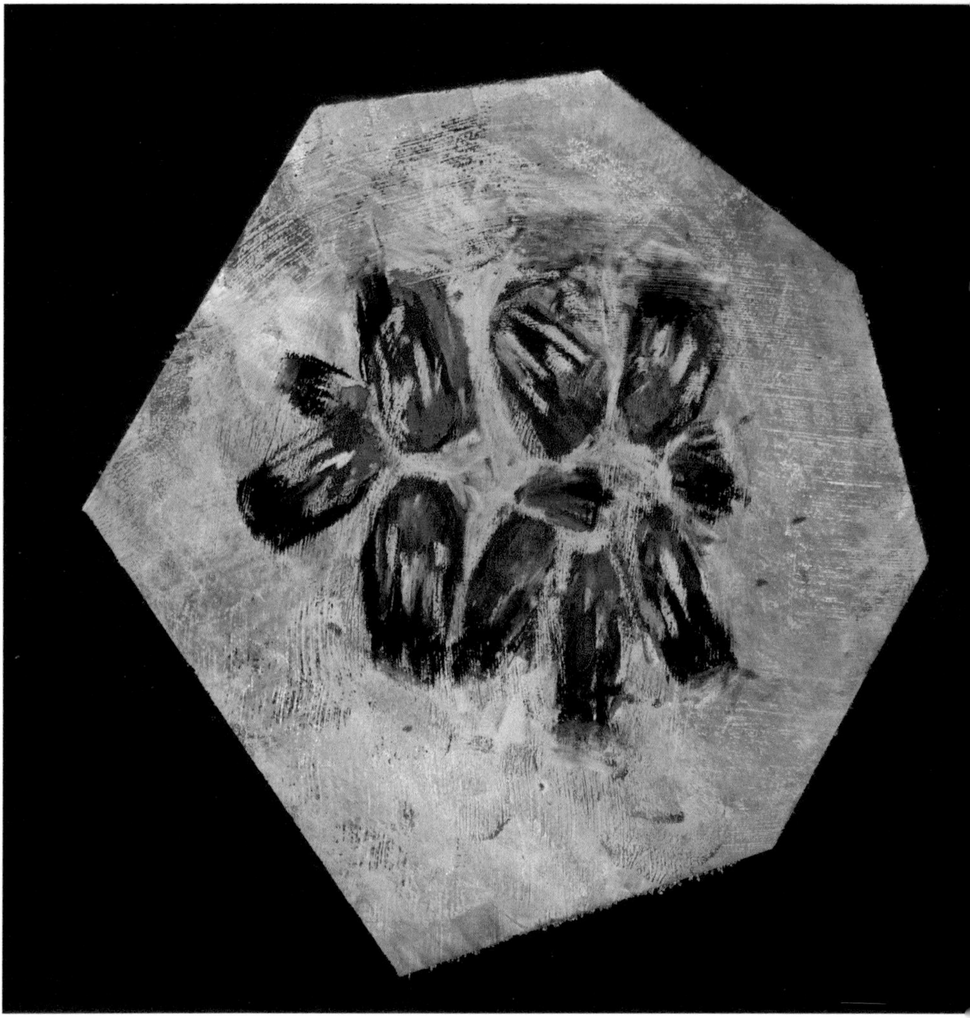

灰の中に 息を吹き込んでみた

１回、２回、３回

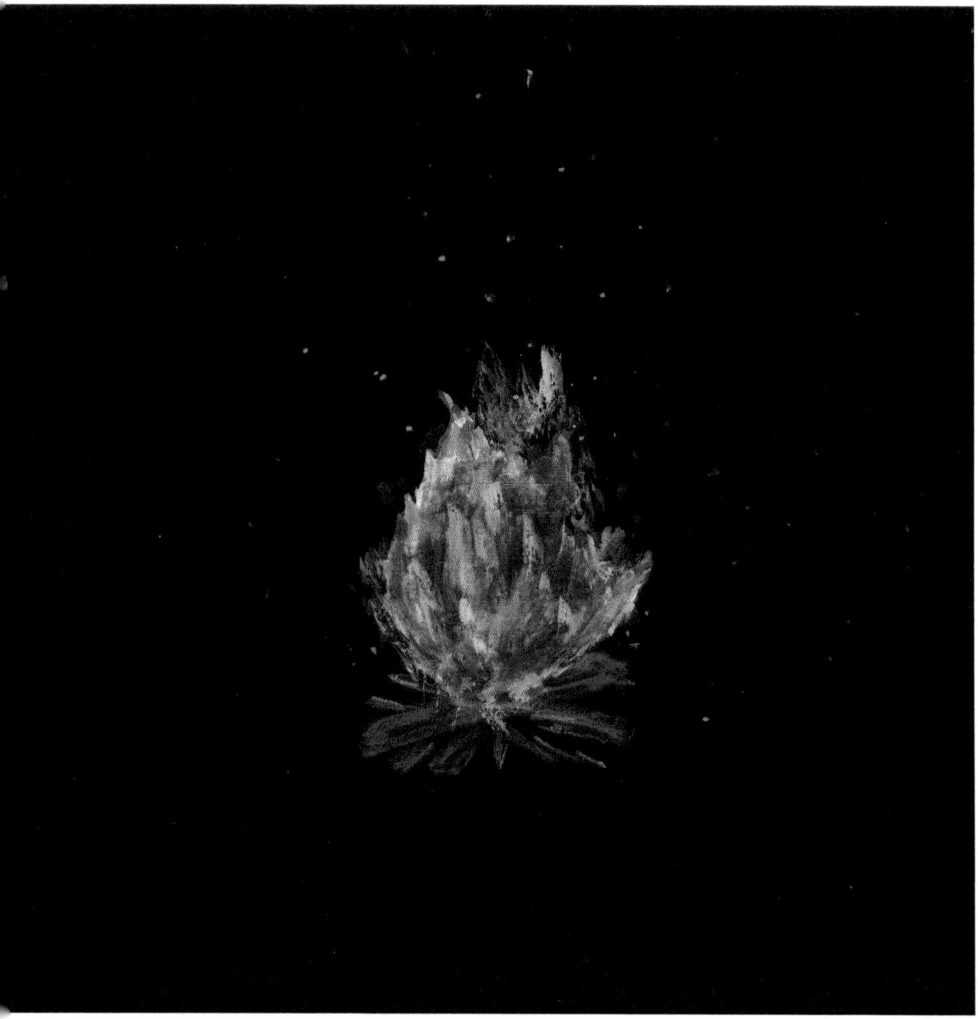

火が　またおこるまで

強く　強く　何度でも　強く

あなたが残していった光は

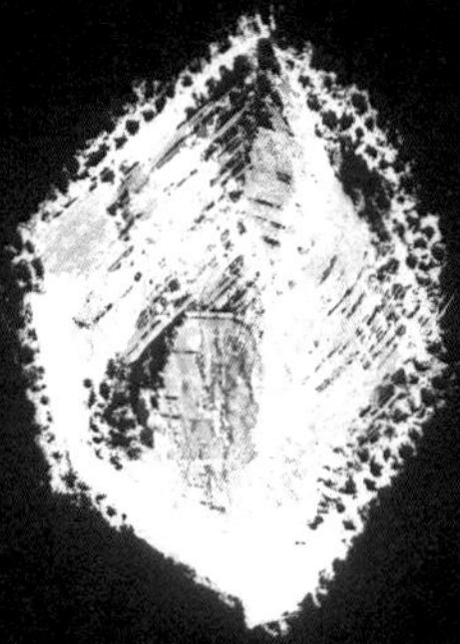

私に着火し 消えない熱になった

私たちは信じてる
この世界のどこからだって
私たちは光をとりだしていける

もらい火をして
光をうつしあって
そうやって この夜を温めていくのだ

消えそうな光を抱えて歩き続ける人へ
光が消えてしまったというなら
何度でもハッピーバースデーと歌おう

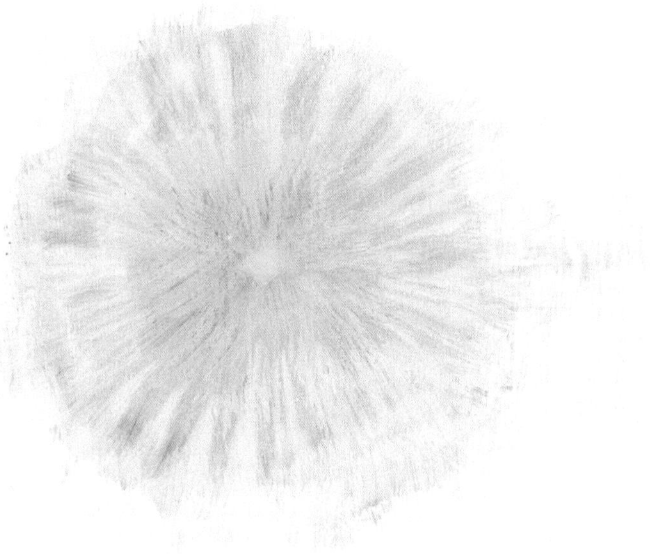

いつかまた生まれてくるときには
この歌があなたを迎えるだろう

それは　小さな光のことを歌い続ける
終わることのない
一曲のトリビュート